銀色の衣

永田いづみ
Izumi Nagata

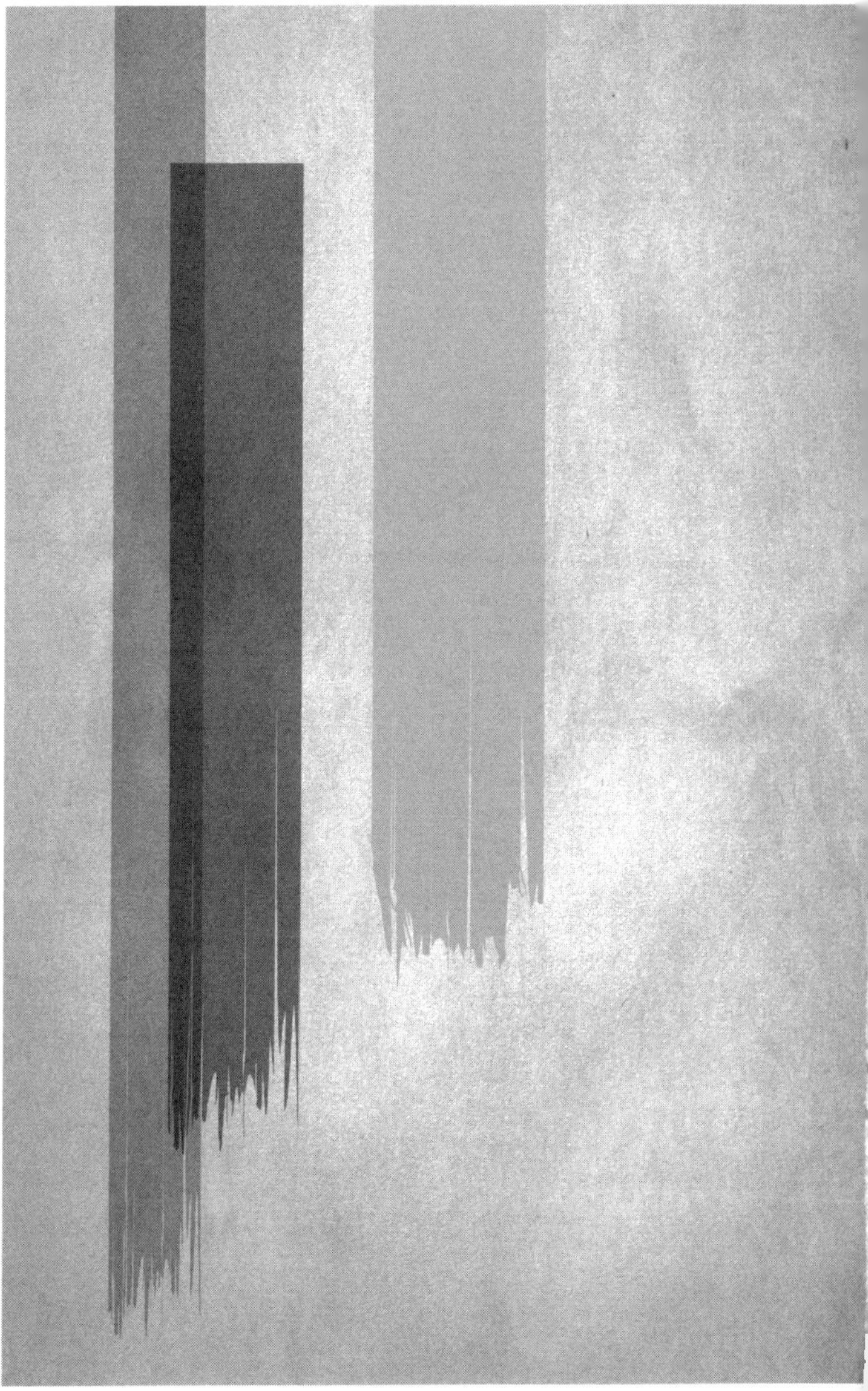

文芸社

詩集

夏

夏の太陽は　高く昇る
それもまだ　目ざまし時計だって
気がつかないうちに
夜はあけてしまう
あみ戸越しの　そのかわいた空気は
小さな私に心地よい早朝をつげにくる
むらさきの　かなり大きな一輪の朝顔が
同じような透明な空気に
花弁だけではささえきれないとばかりに
あみ戸越しに　大げさな　つるをはって
私のねむりをとりあげにくる

夕立

黒い大きな樹木を
ひとすじのものが通り抜けた
黄色の閃光をはなって
あまりにも　はやい速度なので
何ものなのかわからなかった
ひるまの汗で空気孔をふさがれた身体《からだ》に
すき間があいたように
ひんやりと横すべりの風が流し込まれる
やがて黒い悪魔は雷鳴と稲妻とそして雨という
武器をもって　あの柔い白い肌を
のんでしまおうとでもいうのだろうか

日没

灼熱の太陽が
沈もうとするとき
雲たちはむらさきの衣をまとい
彼のやすらぎのために
西のとびらを開く

灼熱の太陽が
ねむろうとするとき
雲たちは黒色の衣をまとい
彼への贈りものとして
お星さまの子守うたを歌う

料金受取人払郵便

新宿局承認

6418

差出有効期間
2020・2・28
まで

（切手不要）

郵便はがき

1 6 0 - 8 7 9 1

141

東京都新宿区新宿1－10－1

（株）文芸社

愛読者カード係 行

ふりがな お名前		明治 大正 昭和 平成	年生 歳
ふりがな ご住所	□□□-□□□□	性別 男・女	
お電話 番 号	（書籍ご注文の際に必要です）	ご職業	
E-mail			

ご購読雑誌（複数可）

ご購読新聞
新聞

最近読んでおもしろかった本や今後、とりあげてほしいテーマをお教えください。

ご自分の研究成果や経験、お考え等を出版してみたいというお気持ちはありますか。

ある　　ない　　内容・テーマ（　　　　　　　　　　　　　　　　　　）

現在完成した作品をお持ちですか。

ある　　ない　　ジャンル・原稿量（　　　　　　　　　　　　　　　　）

書　名				
お買上 書　店	都道 府県	市区 郡	書店名	書店
			ご購入日	年　　月　　日

本書をどこでお知りになりましたか?

1.書店店頭　2.知人にすすめられて　3.インターネット(サイト名　　　　　　　)

4.DMハガキ　5.広告、記事を見て(新聞、雑誌名　　　　　　　)

上の質問に関連して、ご購入の決め手となったのは?

1.タイトル　2.著者　3.内容　4.カバーデザイン　5.帯

その他ご自由にお書きください。

(　　　　　　　　　　　　　　　　　　　　　　　　　　　)

本書についてのご意見、ご感想をお聞かせください。

①内容について

②カバー、タイトル、帯について

弊社Webサイトからもご意見、ご感想をお寄せいただけます。

ご協力ありがとうございました。

※お寄せいただいたご意見、ご感想は新聞広告等で匿名にて使わせていただくことがあります。

※お客様の個人情報は、小社からの連絡のみに使用します。社外に提供することは一切ありません。

灼熱の太陽が
目覚めようとするとき
雲たちは白色の衣をまとい
彼の偉大な　のびに
朝を知らされる

灼熱の太陽が
昇ろうとするとき
雲たちは銀色の衣をまとい
彼の出陣のために
東のとびらを開く

夜ふけ

時計のきざみがおそろしい
猫のくびをもったように
時計の頭をもって
遠くへおしやるのだ
姿がみえなければいいのだ
音がきこえなければいいのだ
時を知ることがあまりにもおそろしいからなのだ
蛍光灯の半月のなかで
一枚の頁がずたずたにきれるほど

コーデュロイの服

さっくりとした秋がほしい
みどりの木々が枯れ葉色にぬりかえられる
そのときのために
コーデュロイの服は新調された
スーツケースにおさめられた二枚の服は
秋風がさっくりと　音をたてさえすれば
たちまちスーツケースから　とび出して
私を抱擁し　枯れ葉色のステージにたたせる
真っ白い画布にいくつかの絵筆が
不器用でも　こげ茶色の
コーデュロイの服のための　ソナタを奏でる

秋

大きな柿の木が　オレンジ色の実をつけるとき
となりの　かえでも　ほんのり　うす黄色になる
透明な空色
このときは柿の実もかえでのはっぱも
透明になる
透明な空色が灰色になるとき
つめたい雨が落ちてきて　厚い空の重みで
このときは柿の実もかえでのはっぱも
ずっしりとしたオレンジ色になる
次の日
太陽の光が

銀色をなげかけると
透明な空は　柿の実やかえでのはっぱより
はるか高いところにいってしまう
その下で柿の実もかえでのはっぱも
ゆっくりと赤くなる

ひとりの女は
真っ黒な長い髪を　左のかたにうちかけて
こげ茶色に日焼けした細い腕を
コーデュロイの服で半分おおう
あの日の雨で
木炭色のうす木綿のスウェーターが
日焼けした　とりのこされていた半分の腕も
かくしてしまう

ひとりの男は
日焼けした　たくましい腕を
黒の半袖のスウェーターが　半分だけを包む
そして　いつかの日　灰色のあついくもの下で
たくましく　のこされた腕は
グリーンのスウェーターが
すっぽりと包んでしまう

高い透明な空の下で
男と女は　柿の大樹を囲んで考える
一人の男は衿のはしをそっと立てながら
一人の女は長い首を深くひっこめて
動物の生存のしかたでなく
植物の生存のしかたでもなく

〈人間は生きなければならない〉
魂が燃焼しなければ……
秋がきて　柿の実がじゅくすように？
〈じゅくして　発酵して　成長しなければ〉
でも柿の実は別に意識もせず
毎年　一度だけ同じ現象を
そのいのちの朽《く》ちることなど
考えてもみないのだろう
人間が生きること
寸時として　同じ現象のくり返しはできない
重くじゅくして　また軽くなり
この次の秋がくるとき
秋という表題に
またちがった詩ができていなければいけないのだ

雪

さまざまなウインドウが
音楽をかなでる
それらに　はさまれた　ひとすじの道は
ゆくえを知らぬかのように
私達をはこんでくれる
普通なら　自分の足音が
はねかえってくるはずの　この鋪道に
雪が……白一色でかざろうとしている

ぬか雨

小さな雨足《あまあし》は大きな輪になって
ひとつ、ふたつ……
なめらかな川の面《も》を
少しのへつらいもなく静かに流れる
この道のりの短いことも　長いことも
激流のあることをも
はたして考えたことがあるのだろうか
ぬか雨は静かにふりつづける

ある日に

散歩したい
雪の中
家々　木々の白さ
錯覚だろうか
浄化したい
頭からすっぽりと
雪にうたれて
浄化したい

十二月

誰かが　そっと衿をたてました
こちらの彼もたてました
木枯らしがつきぬけます
私の肩に白いものがとまりました
〝雪〟
大きな声で叫びました
誰かが　そっと笑いました
赤い焚き火の灰なのです……

喪失

まだ関係があると信じているとき
何も手にはつかなくても
生きてゆこうとする
ぎりぎりに追いつめられたとき
自分では信じられないほどの力が湧いてくる
知恵ははたらかない
この人間の構造は
それほど肉的なものなのだろうか
精神はぎりぎりに追いつめられたとき
狂人というかたちに変わってしまう
しかし肉の構造は変わろうとしない

肉とは鈍重なのだろうか
すべてが失われても
生きてゆけるものかもしれない

魂の死

コーヒー！
私をねむらせてください
永遠に？
いま少しの休息がほしくなりました
永遠に？
魂のほのおが消えないように
コーヒー！
胃の中が　頭の中が　真っ黒になりそうです

コーヒー

今日はぞうげ色のあついカップで運ばれてきた
自分で入れて運ぶこともある
その器　その場所　その時間によっても
また私の心の状態で
一杯のコーヒーは
私の不思議な話し相手に変わる
カップの底から
ゆったりとつきあげてくる湯気
夏の間には　こんなにはっきりと見えなかった
この種の湯気の運動は
私の心の中での霊的な会話に役立つ

私の心が　子供の世界にいるときは
おとぎの国の忍者のように
大人の世界にいるときは
妖気をためこんだ悪魔のように
そしてその湯気の消えるとき
私はひどくさみしくなる
一口のコーヒーが胸をつきさす瞬間
現実の物語はペンをとりに走ってゆく

私の部屋

厚い木の戸が入りました
沢山の美しい木目があります
大木の雄々しいにおいもいたします
ぞうげ色のふすまが入りました
いよいよ　あなたの部屋が出来上がりました
赤いベッドも
インキのしみた机も
楽しげに笑いました
そこで私はつぶやきました
ねずみ色のじゅうたんを敷きたいな

僕の城

僕の城
別の名は白い城
この住人は　僕だけ

この透明な
白い城
僕だけが知っている
優雅な宝物

僕の城にも
朝があり　夜がある

春もあり　冬もある
自然はこれをにおいで知らせる

そしてまた
生きるための空気をはこんでくれる

僕の恋人
においがあれば
僕はさみしくない

可愛いけんか

入ってもよろしいでせうか
どうぞ　どうぞ　あなたのお家です
どうして今日はそんなに遠慮するのかな
あなたのお家　僕のうちなのに

駄目なのです　悪魔がいます
黒い大きな手が　胸をつきます
どうして　あなたには　みえないのでせう
悪魔なのです

あなたは　どうして　だだをこねるのですか
あなたのお家　僕のうちなのに
みな胸をはって　どうどうと歩いています

こわいのは　あなただけではありません
僕もこわいのです

ある日曜日

目ざまし時計までが
九時より動かなかったのです
太陽がサンサンと輝いております
午後が私を誘惑にきました
買い物に出ませう
今部屋中に
すばらしい
カレーのにおいがしています
幸福のにおいがする――と言いました
それほど　彼は
おいしいカレーが大好きなのです

自画像

私の存在を　もっとも的確に知らせることは
私を自画像にすりかえて
僕の部屋にはびこらせること
これが確実な手法だからなのだ
私は猫のように
闖入《ちんにゅう》することを覚えた
無防備都市
砂漠は私にとってはオアシスだったから
潜入後のあつかいについて
私はもう問われる理由がない
あなたの処置があまりにも的確だから

言葉

あるとき　蹶然《けつぜん》と
言葉が……
白い一枚の紙をつきやぶり
魂の焔《ほのお》となっていなおると
ずたずたになったはずの
白い一枚の紙の上で　詩《うた》をうたう
その詩《うた》は　私に話しかける

この地上に　詩の家を建てて
お前と二人
住もうではないか……

恋

お前の腕は　しっとりとぬれている
そんなに　こわがることはない
汗……僕はその腕が好きなんだ

細くない
この鍵は誰がしめるのかな
今日はこの鍵を僕にください

白いブラウスの鍵
鍵穴から　僕の好きな宝物が
お前は何を考えて　目をそらしたのかな

今日はお前の鍵を全部僕にください

ひとつ　ふたつ
しっとりと　ぬれている　赤い乳房
そんなに　こわがることはない

汗……僕はその胸が好きなのだ
うすくない
それでは　僕の鍵をあげましょう

愛

もし　苦という言葉を文字に
愛という言葉を文字にしたならば
それは陳腐な関連にすぎない
だけど　それ以上の言葉が
私に発明できないならば
いっそのこと
愛への苦しみという複合体にして
もういちど登場させなければならない
三十六枚の蓑《みの》をまとった　あなたは
私より二つ蓑が多いだけなのに
そちらの蓑は特製なのだろうか

濃厚な大樹の樹液を保存したままで
秋がきても　冬がきても　寒さを感じさせない
春と夏に　いささか着こみすぎた　そちらの蓑から
したたり　こぼれる樹液をあびに
あなたの前にそっとひざまずく
あなたの春と夏を待ちわびて
二度と同じことのない
あなたの春と夏を待ちわびて
どれだけ生きられるのだろうか

嫉妬

あなたを殺すことはできない
でもあなたを殺したいと思った
〈あなたを殺す〉とも言った
この地上から
あなたの存在を消すために

あなたは〈死にたい〉と言った
すなおに死を全うしたら
あなたの存在理由があったのかも知れない
すなおに死を果たしたら
あなたを尊敬できたかも知れない

女の館

この館のメンバーは　マミイと私とチャチャ
私はお腹がすいたなと思う瞬間
マミイは天然ミルクを放出してくれる
私は言葉を知らなくとも
あのやわらかい格納庫に
無垢な手を入れさえすれば
マミイは幸福そうな顔をする

マミイのいそがしいとき
おやすみしたいな　と思う瞬間
チャチャは　木かげにハンモックをつくる

しわくちゃの頬をすりよせて
〈おやすみなさい〉と
チャチャは幸福そうな顔をする

私はある日　〈パパ〉という言葉を覚えた
小さい声で　〈パパ〉と言ってみる
そのつぎに　もう少し大きな声で
こんどは大声で　〈パパ〉と言ってみた

マミイはいちばん哀しげな顔で　ひざまずいて
十字をきった
私はそれから　もういちども〈パパ〉
とは言わなくなった

親孝行

私には
いつも私をいらいらさせる
二歳の子供がいる

彼はいたずらが大好きで
それが特技だった
その小さな彼は
「やさしいお母さま」を
レコードが歌いはじめると
大真面目に首を振り
大げさに　おどりだす

三月　まだ雪があった　学芸会の日
小学一年生の私は
小さな体を
赤い頭巾《ずきん》と　赤いスウェーター
赤いズボンに包んで
「やさしいお母さま」を歌うために
大きな舞台で一生懸命だったとき
母は完全な見物人にされた

私は二歳の子供と
少しも変わらない
いつもお母さんをいらいらさせる
しようのない子供だった

でも学芸会の日
寛大な観客の目には
大きな銀色の涙が一つ
流れようともしないで
ぶらさがっていた

この小さな芸術家は
その観客に
何か応《こた》えたいと
親と子供の関係が
何であるか知っているように
夢中で歌うのだった

親と子の関係は
それからも何百回となく
あるときは主客転倒して
からまりながら
大きな芸術家と小さな観客との
限りない対話を続けた

母はある日
いかにも　おいしそうな
一枝の柿をキャンバスに描いた
私はその母が
すばらしい人にみえた
私はその作品に　そして　その人に
何と言えばよいのか　わからなかった

しかし　やがて子供は
親と子の対話にあきたらず
太陽の下で
自然の果樹が熟するように
一人の男の対話を求めて
限りなく歩き出し
やがて大きな実をむすぶ
そして　いつの日か
大樹と樹枝の申しおくりをしながら
その対話は
宇宙のなかに消える

残された輝き

黒くて大きな目をもった
白い透明な歯をもった
健康な肌の彼女は
ある日突然に　石がきから足をすべらした
ひどく目をうった
その目はたちまち真っ黒く　鮮血がほとばしった
病院に運ばれて　白い眼帯をされた彼女は
その痛みと黒いおそろしさから
救ってもらえるものと身を横たえた
いくにち　たっても
黒くて大きな目は輝かなかった

片方の目がなくなった彼女は
他人《ひと》からみても　輝きが失われていた

病院で　ある日　彼女は　ひとりの少女とあった
よくみると同じ左の目がなかった
でもその少女は輝きを失っていなかった
白いベッドの上で
彼女はその少女と　左の目について話をはじめた
少女の残された目は特別大きな目ではなかった
しかし　その心は透明だった
大人になっても
白い眼帯をかけるのだと
少女の右の目は輝いていた

涙

精神のけいれんは涙をさそう
お願いだから泣かないでおくれ
よわきもの　ひきょうものの涙
幸福の涙か……胸をつきあげる

現代人

私はどんかん
だから　ほかの人が気にすることを
私には　わからないで　すんでしまうこともある

偶然　二十世紀に生存するようになったのだが
体の中には　いろいろの世紀が雑居していて
かなり忙しい
たまたま過去のことなどに考えが及んだとき
私は何千年分のことを
ひとまとめに考えようとするのだから
ますます混乱してくる

話を聞いたり
本を読むことも
何千年のこととなると
よほどのエネルギーがないと持続しない
その上よくばって
未来のことも考えようとするから
ますます苦しくなってくる

今　誰かが
人間をグラフに書こう
と　珍奇な提案をしたら
縦の線に職業を
横の線にモラルを書きはするものの
私は二直線の空間の中で自殺する

また　誰かが
歴史というコンベアベルトの
新しい駅を
我が家の前に新設してくれるといったら
私はきっと便利がり利用する

そして
このベルトは　私が乗っかると
きまって
脱線するけれども
この私には
このときが一番幸せな瞬間になりそうだ

現代の断面図

夜が家々を追いかけてくる
日のあるうちに印象づけられていた
赤い屋根も　青い屋根も
まして黒い瓦ぶきの屋根など
夜が来るとデッサンのあとのように
輪郭だけが存在を知らせる
（夜は燈《ひ》の色によって鎮静される）

私がよく歩いたその夜は
燈《ひ》の光は
よほど特殊加工をしていない限り

みな黄色がかった
ぽつん　ぽつん
その黄色の主題のなかで
私はいつも勝手な想像をめぐらすのが好きだった
私はあの日の衝動で
黒い夜を歩こうとすると
燈《ひ》の色は　ほとんどが白かった

ひらたく並ぶプチアパルトマンのなかにも
同じ光が点在していて
その光と光は近接して　威勢がよかった
そしてテレビという新兵器と
必ずといっていいほど共存していた
白の主題のなかでは　夜はなかなか来なかった

蜘蛛

あの一匹の動物《いきもの》を
〈蜘蛛〉と呼ぶようになった

いきさつは別として
名称と動物《いきもの》を関係づけるために
説明がいるとすれば
節足動物ということになる

真っ赤な太陽が
白壁に影をおとすころ
この小さな動物《いきもの》が

一条の糸をまさぐりながら
のき下にあらわれようものなら
白壁に残された太陽のぬくもりも
遠いものとなって
人間に不吉な感じを呼びよせる
これは蜘蛛が悪いのではない
しかし形相上
この動物《いきもの》は人間を相手どって
いままでに沢山の
ぶきみな伝説を残したから
そしていま私は
この小さな動物《いきもの》の前で
過去の人間がかかったように
敗北者になりかかった

四対の黒い細い足は
小さな黒い袋を中心に
シンメトリックに運動をする
お腹にたくわえられた糸をまさぐり
ぎくしゃくと　私をたべにきた
お前たち人間どもは
生まれおちるときから
罪人《つみびと》だということを
一度でも心にとどめたことがあるのだろうか
お前たちの祖先は
皆罪人《つみびと》だということを
一度でも考えてみたことがあるのだろうか
人間だといって大きな顔をするのではない

私はまだ
お前のような動物《いきもの》の
餌食にはなれない
お前も私も一緒に
神の餌食になろうというのなら
私には話がわかるのだが

それから　すぐのことだった
この動物《いきもの》は
まだ話が終わらないのに
灼熱の太陽のもとで
静かに息をひきとった

孤独

人間がこの地上に
ただ一人　とりのこされたとき
その瞬間　もっとも怠惰な生物《いきもの》に変わる
そのまわりは白銀の雲々が
すっぽりと　だきかかえて　くれることもある
真っ黒な雨雲のときも
海だけがかすかに光をいだき
一条の道は　それでも感覚のあることを知らせる
しばらくは　驚くことも忘れて
自然のなかに　その身を横たえる
やがて時が過ぎる

小鳥たちの美しいさえずりに
ひとりごとをささやきはじめる
いつか時は過ぎる
話すことのできない苦しみを感じながら
真っ暗な箱の中に封じこめられる
ひどい孤独と空腹のなかで
すべての知覚を失う
それは長いねむりに変わる
自然の蝕《むしば》みは
悪夢で脅迫しはじめる
白い紙とマジックが
急激に近づいてくる
神さまと書きたかった

断絶

私が何か書いているときは
適度にさみしいとき　悲しいとき
では極度にさみしいとき　悲しいとき
どうするのかと聞かれたら
誰にも聞こえないように
私の胸までが
ぶるん　ぶるん　と音をたてて　泣いていた
幻想の世界だけで
いくらあなたが近いことを
意識してみたところで
私には　どうにもならない

罪人

あなたは
僕にいちどだって
あやまったことがない
あなたは
僕の心臓のなかに
不器用だとは言いながら
居直ろうとする
そのあなたを
僕は許せない
僕には
僕なりの孤独がほしいのに

僕が僕なりによんでいる
聖地がほしいのに
あなたは理解しない
僕の聖地が
どんなものであるか
僕の詩を読んだとき
あなたは
わかったはずだった
あのとき
あの涙が語ったことが
あなたの真実だったら
僕はそう信じたい
僕の孤独を
ほっといてくれ

夕べ

私は何をしたらよいのだろう
英語の勉強も　美術の勉強も
何もいらない

レモン色の表紙におおわれた
彼の詩集だけが
それも　いらない

彼はもうそこにいない
何もいらない
書きませう　私の詩を――

次ページからの文章は
横書きになっています。
巻末からお読みください。

介護一年生

小学一年生の新学期を迎えるとき、革のランドセルのにおいをぷんぷんさせて、自分の背中からランドセルが泳ぎ出すように……介護という教科書を背中いっぱいにしょって一年生はスタートします。

第１限　食事
第２限　掃除
第３限　洗濯
第４限　入浴
第５限　おむつ交換
　　　　おむつの選び方
　　　　（腰まき風、パンツ式 ※分量別）

このスタートに先がけて、私の起床時間は午前三時に変わりました。理由は、自分の寝入りばなに、排尿、または排便コールが鳴ると、神経をいらだたせられるときがあるからです。

さあ一日の船出です。

ドンブリコードンブリコ

排尿、または排便のあとのごほうびは？　二人だけの特別な時間が訪れます。

五十五年も前のことからの回想ですから　どきどき、わくわくしないではいられません。

1）教会で神父様による結婚の誓約

2）新居になる彼の木造アパートの一室から

物語は終わることを知りません。

こうして流れる一日のなかには、週二回のリハビリがあります。脚の筋力に多少とも変化がみられることは大きな大きな希望になります。

一方では読書の時間も与えてくれます。ここ最近では『こころの匙加減』。髙橋幸枝さんの著書は多くの共鳴点があり、心強く読ませていただきました。

介護一年生は学ぶことが多くて大変です。

ガンバレ、一年生！

リュウタ君

「リュウタ」「リュウタのスケ」「スケ」と呼ばれながら15年あまりがたちました。

1997年8月8日の夜8時過ぎ、何か様子がちがっていました。ことのほかむし暑い、嵐の前のような、なまあたたかい北風が吹いていました。

夕食の時間です。我が家《や》では、いつもゆっくりと夕食をとります。リュウタ君は家族の一員として、必ず参加して、何かしらお相伴《しょうばん》にあずかります。おねだりをしたいときは、ご主人の膝頭《ひざがしら》を鼻先で、そっとツツキます。また、僕の食事を用意してくれているのだ……とわかると、大好きないためものの匂いや、フライパンの音だけで、食器の前で正座をして待っています。ときとして、長い長いヨダレがたれていることもあります。

彼の食事は主食（玄米…おかずがなくてもおいしそうにたいらげます）・副菜・ドッグフード少々・そして食後のミルクでコースが終わります。終わりのミルクのときは、彼独特の儀式がともな

います。

というのは、一杯目はピタピタと音をたてながら、器《うつわ》がピカピカになるほどきれいにいただきます。二杯目のおかわりのときです。じっと食器を見つめ、私共には聞こえるか聞こえないかぐらいの手ざわりで、右前あしを使って、食器の底近くを、円《えん》を描くように動かします。「おかわりをお願いします」と念じているのでしょう。私共にはおまじないをしているかのように思われて、おかわりのミルクを器《うつわ》にそそがざるを得ません。

リュウタ君は、数をかぞえられます。ですから、最初に出てくるものから、最後のミルクが出るまでは、その場を離れようとしません。たまに、何かの都合で私共が最後のミルクを忘れていますと、ひと声も出さずに、じっと器《うつわ》の前で正座しています。その姿は、涙が出るほど可愛いものです。

でも、その日はどうしてか、私共に気づかせないまま家を出ていってしまったのです。

何が起こっていたのでしょうか……。

その日は、たまたま、門の扉があいておりました（玄関は、いつも彼が自由に庭に出られるようにあけてあります）。

リュウタ君は、横浜・緑区の青葉台というところで、かかりつけの獣医さんから譲り受けるかたちで、我が家族になりました。犬としては四代目です（いずれの犬も寿命《じゅみょう》を全うしてのお別れでしたが）。

それは、チャップイ・チャップイという言葉がはやった1983年の冬の日のことでした。その日から、ご主人ベッタリの大変なあまえんぼうとなりました。ご主人の期待に応《こた》えて、元気いっぱい、どんどんと成長してゆきました。どんな日でも、全身で忠実に自分を表現します。

人間のように、今日はオサボリしましょうとか、機嫌が悪いとかいうことは全くないのです。とりわけ、ご主人の体調の悪いときなどは、なぜか、そのことに気づいていて、本当に心配そうになだめようとします。この不思議な心づかいがいつとはなく、我が家をささえてくれておりました。

そのリュウタ君にも、十数年の間には、歯の痛い日もあったはずです。足をひきずりながら歩いていたときもありましたが、この痛さがどんなものなのかは想像するだけです。多分かなり痛かったのでしょう。その証拠には、腰から後ろ足にかけて、ご主人の施す温熱療法（むしタオルであた

ためる、人間でも熱く感じるものです）にじっと耐えて、むしろ喜んでいるようでした。私共は何とか痛みから救ってやらなければという気持ちにかりたてられるのでした。

ちょうどこの頃、私共は転居の準備のために、かなり長い時間、家をあけることが多くなりました。

このリュウタ君の無言の脱出は、その仮住まいにいる間に起こったのです。

リュウタ君にとって、食事と同じくらいに散歩も幸福の瞬間だったのです。散歩の「ポ」を耳にするだけで、引きづなの音がするだけで、また、ご主人のズボンの匂いをかぐだけで幸せな時間がくることを知っていて、そそくさとご主人を誘導しはじめるのでした。

青葉台時代は、垣根の擁壁《ようへき》をのりこえて、一人旅に出ても、必ずその日のうちにはもどってきました。

あるときなどは、私共が外出して門が閉まっているため、門の外で高いびきをかいて寝ながら待っているということもありました。

どんなときでも、ご主人の帰ったことを確認す

ると、近所中にとどろきわたる声で、歓迎の挨拶をしてくれます。しかし、あのときを機に、その声も聞けなくなりました。

その夜は引きづなを持って、リュウタ君の歩きそうなところを、夜が明けるまでさまよいましたが……そして大好きな大好きなミルクも置いておきましたが……運命だったのでしょうか。

リュウタ君は自分の年齢《とし》を知っていて、新しいところでの生活が、自分にとってハードだと考えたからでしょうか。

リュウタ君の首輪と数々の写真が、彼の存在を物語ってくれます。そして、彼の最期があまりにも美しい引き際だったということも——。

ころころオバチャマ

ころころオバチャマは八十六歳です。

かかりつけのお医者さんは、「七十五歳というゼッケンをつけて歩いたらいいですよ!」と。

はげますつもりか、お世辞なのか――。

それでも嬉しいですネ。


こんな朝も、ころころオバチャマは杖をついて、一生懸命坂道を歩いています。

すると、いつものこととはいえ、反対側の道わきから、二人づれの大きなおばあちゃんの声がかかります。

「ガンバッテネー」

大きな方のおばあちゃんが声をふりしぼります。

そのあとを追って小さな方のおばあちゃんが手を大きく大きく振ります。

二人は大の仲良しさんなのです。

これから街へ向かうのでしょうか。

ころころオバチャマは、お目当てのカラ揚げ弁

当を買うために、ステッキをかたくにぎり直し、一生懸命歩きはじめます。

　唐揚げ弁当をゲットしたころころオバチャマは、大変得意げで、幸福《しあわせ》そうに見えましたが……。

　本当はその前に大変悲しいことが起きていたのです。というのは、ご主人のころころオジチャマは、ある日ベッドから落ちてしまったため、いくら杖の力をかりても、歩くことができなくなっていました。

　ころころオジチャマは、車椅子がころころとオジチャマをひっぱってくれることを心から待ち望んでいます。

　それには、まだまだたくさんの時間が必要なようです。

「がんばってオジチャマ!」

　音もなく、特別の時間がころころと流れてゆきます。

　春は遠いのですか?

ころころオバチャマ
リュウタ君
介護一年生

著者プロフィール

永田 いづみ（ながた いづみ）

東京都出身、千葉県在住。
私立高校卒業後、アテネフランセに学ぶ。

銀色の衣

2018年9月15日　初版第1刷発行

著　者　永田 いづみ
発行者　瓜谷 綱延
発行所　株式会社文芸社
〒160-0022　東京都新宿区新宿1－10－1
電話　03-5369-3060（代表）
03-5369-2299（販売）

印刷所　株式会社フクイン

ISBN978-4-286-19741-8